COUP-D'ŒIL
SUR
LA COMÉDIE,
ET SUR
LA FOLLE JOURNÉE,
OU
LE MARIAGE DE FIGARO,
DE M. DE BEAUMARCHAIS;

PAR M. SAUNIER.

Alte-là ! votre *Auteur* a beaucoup trop d'esprit,
Dira quelque Censeur ; il parle comme un Livre.
Qu'il parle bien ou mal, retenons ce qu'il dit :
Ses préceptes sont bons à suivre.

M. l'Abbé Aubert, Liv. III. Fab. I. 1773.

A PARIS,

Chez { CAILLEAU, Imprimeur-Libraire, rue Galande, N°. 64.
BAILLY, Libraire, rue S. Honoré.
ET LES MARCHANDS DE NOUVEAUTÉS.

M. DCC. LXXXIV.

COUP-D'ŒIL SUR LA FOLLE JOURNÉE.

EXISTE-T-IL dans la ſociété un Art plus ſublime, plus intéreſſant pour l'homme, & qui exige plus de talens réels, plus de génie que l'Art Dramatique! Cependant c'eſt celui ſur lequel s'exercent, pour ainſi dire, tous ceux que la Nature a doués de quelques connoiſſances. Irrité par les obſtacles & excité par la gloire, leur eſprit, qui aſpire ſans ceſſe à l'immortalité, voit ceux qui réuſſiſſent dans ce genre, honorés pendant leur vie, & ſûrs d'emporter avec eux les regrets & l'eſtime de leurs contemporains. L'idée ſi flatteuſe de ſe ſurvivre, de laiſſer après ſoi des regrets, de voir la poſtérité nous prodiguer ſes hommages, élève notre ame au-deſſus d'elle-même, & la force à des travaux, auxquels, ſouvent, elle n'eſt pas propre. Mais que cet enthouſiaſme eſt noble, & qu'il eſt eſtimable !

Des Philoſophes chagrins ont affecté de mépriſer les Arts & montré de l'indifférence pour la gloire ; ils feignoient de ſe cacher, en employant les moyens les plus sûrs pour arriver à l'immortalité, à laquelle ils prétendoient. Tout homme de Lettres qui affecte une pareille inſouciance eſt un fou, ou un fourbe qu'il ne faut pas croire. L'émulation que la gloire excite eſt le véhicule des Arts, l'amour-propre les fait croître & les élève à la perfection ; l'indifférence, au contraire, en reſſerrant le génie, les anéantiroit.

La carrière de l'Art Dramatique eſt ſi gliſſante, qu'il eſt peu de perſonnes qui puiſſent ſe flatter de s'y ſoutenir long-temps. Combien d'Ecrivains d'un mérite diſtingué ſe ſont traînés ſur la ſcène ! Combien de jeunes gens ont été victimes de leur témérité !

La difficulté de réuſſir dans le bon genre de la Comédie, eſt la cauſe, ſans doute, qu'une foule d'Auteurs ont enfanté ces Ouvrages accablans, ces Drames ſombres & larmoyans, dans leſquels ils débitent des ſentences capables de faire détester l'espèce humaines, & où ils se plaisent à multiplier des scènes atroces & des tableaux monstrueux, qui, s'ils étoient souvent offerts aux regards de personnes sensibles & délicates, les porteroient à l'ennui d'elles-mêmes, & les plongeroient infailliblement dans cette noire misantropie, qui rompt tous les liens qui attachent l'homme à la société, lui fait aimer ses semblables & lui rend la vie supportable.

On ne voit que trop souvent se réaliser ces horribles scènes de désespoir & d'abandon où les passions & les malheurs réduisent les hommes ! Ces victimes infortunées de leur foiblesse trouvent, dans les préceptes que renferment ces effrayantes productions, des prétextes pour se retrancher d'une société qu'ils croyent indigne d'eux, & au milieu de laquelle ils s'imaginent ne pouvoir vivre sans être exposés aux peines les plus accablantes & les plus douloureuses !

C'est encore au génie singulier de notre siècle, & au peu d'émulation des gens de Lettres pour la gloire, que l'on n'acquiert qu'à force de veilles & de travaux pénibles, que nous sommes redevables de ces productions éphémères, semblables aux insectes qui naissent & meurent dans le même jour & qui se reproduisent sans cesse.

Ces ſortes d'Ouvrages, qui font rougir le bon ſens, & ſouvent la pudeur, ne ſervent qu'à reſſerrer de plus en plus l'eſprit des hommes, à détruire le peu qui nous reſte de mœurs, & à faire pulluler le vice.

Que d'obligations donc la ſociété raiſonnable ne doit-elle pas à l'homme de génie, aſſez courageux pour oſer entreprendre, en dépit des préjugés, de rétablir le bon goût, de ridiculiſer les vices à la mode, de rappeller les mœurs, cachées dans le coin des villes & des campagnes, & que détruiroit bientôt la conduite de ceux ſur qui le peuple a ſans ceſſe les yeux! Quel hommage ne mérite pas celui qui veut bien ſacrifier ſon repos, pour cueillir les lauriers de la vérité au travers des ſatyres ſanglantes & des ſarcaſmes piquans dont le chemin qu'il parcourt eſt hériſſé!

Il faut que le Philoſophe qui entreprend de ridiculiſer les défauts de ſes ſemblables ſoit doué d'une gaité piquante, qu'il intéreſſe. C'eſt par la multitude des tableaux rians, mis en mouvement, qu'un Auteur Dramatique doit à-la-fois parler au cœur & à l'eſprit; car, comme on l'a fort bien obſervé,

Le ſentiment eſt beau, mais il n'amuſe pas.

Quelle profondeur de génie, quelles multitudes de connoiſſances ne doit-on pas ſuppoſer dans celui qui entreprend de faire enviſager d'un coup-d'œil les différentes nuances du caractère de l'homme ! Quelle Philoſophie douce & intéreſſante ne faut-il pas avoir, pour préſenter au grand jour des vices honteux, ſans effaroucher la pudeur, & pour les frapper du ridicule le plus impoſant ! Enfin, quel concours de circonſtances ne faut-il pas raſſembler, quelles ſituations ne faut-il pas imaginer, afin de mettre l'homme vicieux dans la double néceſſité de rire de ſes foibleſſes & d'en rougir !

La Comédie eſt un Art magique qui ſçait mettre le vice en oppoſition avec lui-même ; ſon ſecret eſt d'inſtruire en amuſant. Inventé pour adoucir les maux des hommes, il eſt puiſé dans la nature. Notre imagination eſt plus vivement affectée d'un tableau vivant que d'un Diſcours éloquent ſur le même ſujet. Le premier parle au cœur & à l'eſprit tout-à-la-fois ; ſon impreſſion eſt ineffaçable. Le ſecond chatouille l'oreille, occupe un moment, & eſt bien-tôt oublié.

Que l'on repréſente l'Avare aux yeux d'un vieillard atteint de ce vice honteux, il rira, rougira, & cherchera à cacher ſa foibleſſe, s'il ne ſe corrige pas. Qu'on lui faſſe un éloquent diſcours ſur l'Avarice, il ſera ſourd ou s'en moquera.

Qu'un Joueur aſſiſte à la repréſentation de la charmante Comédie de ce nom, ne s'appliquera-t-il pas les différens malheurs qui lui arrivent, ſuite inévitable de l'inconſtance de la Fortune, qui ne ſe plaît qu'à tromper l'eſpérance des malheureux humains? Ne rougira-t-il pas de la honte qui couvre ce jeune homme, ruiné par ſa paſſion, lorſqu'il réfléchira qu'un même ſort lui eſt réſervé? Ne fera-t-il pas les plus grands efforts pour dompter ſa foibleſſe, quand il verra les dangers qu'il a courus d'être deshérité par ſon père, abandonné de ſa maîtreſſe, & mépriſé de tous ceux qui le connoiſſent? Quelle plus utile leçon! Qu'on lui repréſente, le plus éloquemment poſſible, les dangers auxquels expoſe le jeu; qu'on lui peigne, avec les expreſſions les plus énergiques, les malheurs qu'il entraîne, il paroîtra perſuadé, mais ſon penchant l'emportera ſur ſa réſolution & lui fera bien-tôt oublier ce qu'il vient d'entendre.

Tel eſt l'effet des tableaux ſur l'imagination humaine, qu'ils ne s'en effacent jamais. C'eſt le premier langage des hommes. On voit encore des peuples ſauvages, repréſenter entr'eux des Pantomimes aſſez expreſſives pour peindre à l'esprit les ridicules des habitans de leur pays ; on en voit d'autres, plus avancés à la vérité, vers la civilisation, qui se sont créés des Comédies dans lesquelles les personnages représentent les vices & les vertus en opposition l'un avec l'autre. Les Grecs, ce peuple chez lesquels la Sagesse semble avoir pris naissance, & qui peut passer pour le plus sçavant de l'Antiquité, avoit senti la nécessité de ces tableaux intéressans & instructifs ; ils représentoient les vices tels qu'ils étoient, afin qu'ils inspirassent plus d'horreur. Les Romains, dont les mœurs étoient plus relâchées, ont aussi connu ce genre utile ; mais malheureusement les Auteurs qui travailloient pour le Théatre ne respectoient pas assez la pudeur. Voilà, sans doute, ce qui a fait dire à Cicéron, *que la Comédie tomberoit d'elle-même, si les vices qu'elle canonisoit ne trouvoient grâce auprès de ses Concitoyens*. Sénèque, qui vivoit dans un temps où les vices étoient, pour ainsi dire, en honneur, disoit aussi, *que lorsqu'il alloit au Théatre, il n'en revenoit pas le même*. Mais qu'en conclure, sinon qu'ils ne sçavoient pas faire tourner à l'avantage des mœurs cet Art que l'immortel Molière a rendu si intéressant & si utile.

La Comédie étant le Tableau vivant de toutes

les ſcènes deshonorantes qui ſe repréſentent ſans ceſſe dans la ſociété ; par le ridicule qu'elle emploie, elle excite les hommes à la circonſpection, & fournit des armes à la Sageſſe pour forcer le vice à ſe cacher. Il faut, autant qu'il eſt poſſible, peindre les écarts généraux, en ménageant les individus particuliers ; c'eſt par-là que l'on plaît & que l'on intéreſſe. La méchanceté fait ſourire un inſtant, mais bien-tôt elle inſpire de l'horreur ; chacun étant bien-aiſe que ſes défauts ſoient cachés. La Satyre perſonnelle fut toujours mépriſée des honnêtes gens. Ariſtophane, Lucien, ſon imitateur, & tous les autres célèbres Satyriques, ont été applaudis pour leur talent, mais ils n'ont joui d'aucune ſorte d'eſtime. Leur humeur cauſtique éloignoit d'eux tous ceux qui rendoient juſtice à leur capacité ; ils avoient des approbateurs mais ils n'avoient point d'amis.

Qu'on ſe rappelle l'enthouſiaſme des perſonnes qui furent préſentes au Diſcours que prononça le ſublime Tragique Crébillon, lorſqu'il fut reçu de l'Académie Françoiſe, quand ils entendirent ce vers,

Aucun fiel n'a jamais empoiſonné ma plume,

qui ne devroit jamais ſortir de la mémoire des Gens de Lettres, que la Nature a pris plaiſir d'organiſer de manière, qu'ils puiſſent être les Inſtituteurs, les Gouverneurs, les Conſolateurs du genre humain. Avec quels tranſports n'applaudit-on pas ce vers. Quel exemple de l'horreur qu'inſpire la méchanceté ! Cet élan du cœur dut prouver à ceux qui avoient eu la malignité de critiquer ce grand homme, combien on eſt mépriſable lorſqu'on ſe laiſſe entraîner à la baſſe jalouſie, qui excite à ſatyriſer ceux que le génie place au-deſſus de nous.

Le Reſtaurateur de la Scène Françoiſe ne s'eſt point écarté de ce principe ; il nous a peint les caractères généraux de ſon ſiècle, de manière que nous reconnoiſſons les nôtres dans *Tartuffe*, *les Femmes Sçavantes*, *les Précieuſes Ridicules*, *le Malade Imaginaire*, &c. &c.

Mais, dira-t-on, qui pourra ſe ſoutenir à côté de ce grand homme ? Qui pourra l'imiter & lui reſſembler ? L'imiter, on le peut ; lui reſſembler eſt impoſſible. Le génie de l'homme eſt comme ſa phyſionomie, il ne peut être parfaitement ſemblable. Deux femmes belles, vertueuſes, aimables, plaiſent & intéreſſent ; leur figure n'eſt pas la même, leur caractère eſt différent ; cependant on les admire, on les aime toutes deux. Molière, Térence & Plaute ne ſe ressemblent pas plus que Regnard & Destouches; ils ont, malgré cela, trouvé le moyen d'intéresser, d'instruire & de plaire. Corneille, Racine, Crébillon & Voltaire, sont parvenus à l'immortalité. Chacun d'eux avoit un génie créateur. Pourquoi donc voudroit-on qu'un Auteur moderne ressemblât à l'un de ces grands hommes, puisque cela est physiquement impossible, & que chacun a sa manière de présenter les choses & de les rendre agréables?

Qu'il est ridicule de faire des reproches à un Auteur, parce qu'il a pris une route différente que les Ecrivains qui l'ont précédé! S'il irrite l'Envie, s'il fait siffler ses serpens & s'il excite l'enthousiasme général, sa gloire n'est pas équivoque & son triomphe est certain.

M. de Beaumarchais a déjà mérité les suffrages du Public par des Ouvrages marqués au coin du génie. Tout le monde convient qu'il a ce talent rare de la plaisanterie, qui force à rire l'homme le plus froid & le plus apathique; que personne ne saisit mieux que lui le ridicule, cet arme si dangereuse à manier, & si foible dans les mains de quelques-uns; qu'il réunit à la plus exacte pureté, l'élégante facilité du style. Si, avec tous ces avantages, il y joint encore la science des détails, l'exactitude dans la peinture des caractères des personnages qu'il met en action, & s'il ne s'écarte pas des règles que les bons esprits de l'Antiquité nous ont tracées, & auxquelles se sont soumis les excellens Ecrivains du siècle de Louis XIV, on peut placer son Ouvrage à côté de celui des plus grands Maîtres & lui assurer les suffrages de la postérité.

C'est en jettant un coup-d'œil sur la Comédie originale, que nous vient de donner cet Auteur déjà estimable d'ailleurs, que nous allons tâcher de fixer les opinions sur la *Folle Journée*, que la Critique monstrueuse ose accuser de monstruosité, & montrer, s'il est possible, que le reproche fait à cette Pièce, de n'être composée que de caractères vicieux, dont l'impression peut être nuisible aux mœurs & à la société, est absolument dépourvu de raison. Cependant nous ne nous attacherons qu'aux cinq principaux personnages, qui forment les différens tableaux de cette Comédie ; les autres n'étant que des accessoires, quoique fort bien faits & donnant lieu à beaucoup de vérités, ne paroissent point devoir tenir place ici (1).

(1) On s'est dispensé d'analyser le *Mariage de Figaro*, parce que l'Ouvrage est connu. C'est pour répondre à la malignité de certains Critiques, rendre hommage à la vérité, & à l'Auteur de cette charmante Pièce, que l'on publie ces Réflexions.

D'abord cet Ouvrage eſt régulier, quoiqu'il occupe le Spectacle autant que deux Pièces enſemble. Il amuſe tout ce temps. Il ne s'y paſſe aucune ſcène qui n'intéreſſe, & que l'on n'applaudiſſe. L'Auteur n'a rien négligé pour qu'il fût parfait. Unité de temps, puiſque l'action ſe paſſe en moins de vingt-quatre heures. Unité d'action, puiſque la Pièce eſt le mariage de Figaro, qui réuſſit, malgré les incidens multipliés qui ſemblent devoir l'empêcher. L'unité de lieu eſt parfaite. La ſcène commence & finit dans le Château d'Aguas-Freſcas, appartenant au Comte Almaviva. Tout eſt dans l'ordre ; par conſéquent point de monſtruoſité ; car le monſtrueux eſt oppoſé à la nature. Voyons maintenant les caractères dangereux que M. de Beaumarchais a mis en Scène.

PREMIER PERSONNAGE.

C'eſt le Comte Almaviva, marié depuis trois ans avec une jeune perſonne qu'il a arraché des mains d'un Tuteur avare, qui prétendoit s'approprier & ſon bien & ſa perſonne. Le caractère du Comte eſt malheureuſement trop commun. Jadis on ſe faiſoit un point d'honneur d'être fidèle à sa Dame ; mais maintenant on se croiroit deshonoré si l'on avoit quelques égards pour une Compagne qui doit partager nos peines & nos plaisirs ; on vit avec elle, au contraire, comme avec son domestique ; & même on porte l'insouciance si loin, qu'à peine se souvient-on qu'on est marié. Il arrive aussi très-communément que la femme est reléguée à la campagne ou dans un Couvent, tandis que le mari jouit des biens de son épouse, & se livre sans remords à tous les excès où le plonge son libertinage.

Le Comte Almaviva oublie l'épouse qui le chérit si tendrement, & se livre à la fougue de ses passions. Autorisé par sa qualité de Seigneur d'Aguas-Frescas, & par le rang qu'il tient à la Cour, il se croit en droit de suborner toutes les filles de son canton. Né avec ce caractère impérieux & transcendant que donne le hazard d'une naissance illustre, il faut que tout cède à sa volonté. Passionnément amoureux de Susanne, femme-de-chambre de son épouse, qui doit être mariée le même jour avec son valet Figaro, il ne néglige rien pour la séduire & pour racheter d'elle un droit, qu'il vient d'abolir, qui étoit aussi deshonorant pour le Seigneur qui l'exigeoit, que pour les vassaux qui étoient obligés de s'y soumettre. C'étoit le *Droit du Seigneur.* Susanne ne voulant pas se prêter à ses intentions criminelles, ce Seigneur impérieux, irrité de l'obstacle qu'il rencontre, veut faire retomber sur Figaro tout son ressentiment & détruire une union à laquelle il avoit applaudi auparavant. Comme Juge, il met à profit l'occasion qui se présente pour ôter à son valet les moyens d'épouser Susanne ; il abuse de son autorité, il le condamne à payer sur-le-champ une somme de trois cens livres, qu'il doit à une vieille femme, ou à l'épouser. Il ne rend ce Jugement inique que parce qu'il sçait que ce malheureux n'a point d'argent. Mais cette vieille femme, heureusement, reconnoît dans Figaro le fils du Docteur Bartholo & le sien ; ce qui détruit les projets du Comte. Cet homme inconstant, qui employe toutes sortes de moyens pour satisfaire ses passions, devient jaloux ; il soupçonne sa femme d'infidélité, & sans examiner si ses soupçons sont bien ou mal fondés, furieux, il menace de donner la mort à celui qu'il croit l'auteur de son deshonneur. Un tel caractère, présenté tel qu'il est peint ici, seroit, sans contredit, d'un exemple très-dangereux. C'est un monstre aimable aux yeux des personnes attaquées des mêmes foibleſſes ; elles applaudiroient à ſa conduite ſcandaleuſe, ſi l'Auteur n'eût pas eu l'art de le placer toujours de manière qu'il eſt ou ridicule, ou bas, & s'il ne l'eût mis ſans ceſſe dans la néceſſité de rendre hommage à la vertu. Voilà le perſonnage dont le caractère vicieux paroît n'être compenſé par aucune bonne qualité. Quel extravagant raiſonnement ! Le but de M. de Beaumarchais étoit de faire ſervir aux mœurs le vice même. Il n'auroit certainement pas réuſſi ſi ce perſonnage vicieux eût offert à-la-fois des vertus & des vices ; ces bonnes qualités auroient fait excuſer ſes défauts, & ce caractère auroit abſolument été dangereux. Au contraire, je ſuis certain qu'il n'eſt point d'homme qui, atteint des mêmes foibleſſes que celui-ci, ne rougiſſe de s'être expoſé comme lui, en s'aviliſſant aux yeux de ſes valets, dont il eſt perpétuellement le jouet, à devenir pour eux un objet mépriſable. Quel eſt celui qui ne ſera pas honteux, qui ne réfléchira pas ſur ſes paſſions, qui ne cherchera pas à s'en corriger à l'aſpect de ce perſonnage, que la gravité devroit ſans ceſſe accompagner & que la ſageſſe devroit conduire, joué, ballotté, avili par des êtres auxquels il ne devroit inſpirer que du reſpect !

Ce caractère est un chef-d'œuvre ; la manière dont il est peint est puisée dans la nature & de la plus exacte vérité. Tous les points de vue sous lesquels on l'apperçoit peuvent donner lieu aux plus utiles réflexions.

DEUXIÈME PERSONNAGE.

Le caractère de la Comtesse, un des plus beaux que nous ayons au Théatre, est celui d'une femme honnête, fortement attachée à son époux ; sensible sans jalousie, pleine d'esprit & de jugement ; tout ce qu'elle fait est réfléchi, pour tâcher de ramener auprès d'elle & de regagner le cœur d'un époux volage. Si elle paroît un instant s'écarter des règles du devoir, par l'intérêt qu'elle prend à un jeune homme de quatorze ans, dout elle est la protectrice & la marraine, elle en rougit & triomphe sur-le-champ d'un moment d'erreur. Il n'étoit pas possible de mettre un caractère plus vertueux & plus aimable en opposition avec celui du Comte, sans faire excuser l'inconstance de ce dernier. L'Auteur a plus consulté la nature & la raison que l'usage ; il vouloit rendre le Comte coupable aux yeux de tout le monde ; il lui vouloit ôter tout prétexte d'excuses. S'il eût préſenté le caractère d'une femme Philoſophe, débitant ſans ceſſe des ſentences, il auroit fait pardonner à ſon principal perſonnage les écarts dans leſquels il le fait donner : car la femme demi-ſçavante, eſt un être fort ennuyeux pour un homme que rien n'attache. Si elle eût été jalouſe, elle auroit été rebutante, par ſes ſoupçons ſouvent injuſtes. Il falloit donc une femme naturellement enjouée, ſenſible & ſage ; capable d'étourderie ; mais auſſi prompte à revenir à ſon devoir, qu'elle paroît facile à s'en écarter. Ce caractère étant le plus parfait que nous ayons dans la nature, où ſont donc tous les vices raſſemblés ? La Comteſſe dément l'aſſertion, car elle peut ſervir de modèle.

TROISIÈME PERSONNAGE.

Chérubin eſt le Page du Comte Almaviva. La conduite de cet étourdi paroît calquée ſur celle de ſon Protecteur. Tel eſt l'effet de l'exemple ſur le cœur humain. Quelle morale ne pourroit-on pas tirer de la mauvaiſe éducation que l'on donne à ces hommes déſtinés à tenir un rang diſtingué dans la ſociété ! Ce caractère vrai, donneroit lieu à la plus utile réforme, ſi l'on vouloit réfléchir, être juſte & faire des hommes !

QUATRIÈME PERSONNAGE.

Celui-ci, déjà connu par le *Barbier de Séville*, excite plus que tous les autres les clameurs de l'Envie, dont il ſemble devoir toujours être perſécuté. Tout le monde ſçait que jouet de la fortune bizarre, il a ſouvent été forcé d'employer l'intrigue pour ſoutenir ſon exiſtence. Né avec beaucoup d'eſprit & toujours accablé par les infortunes, ſes malheurs l'ont rendu cauſtique. Placé auprès d'un grand Seigneur, qui lui doit la poſſeſſion d'une femme, qui devroit faire ſon bonheur, il eſt toujours prêt d'être la victime de cet homme puiſſant, qui ſe croît tout permis parce qu'il a le pouvoir en main ; ſon bien-être dépend de lui ; il eſt donc contraint d'employer la ruſe contre la force & l'injuſtice. La raiſon & l'indignation arrachent de ſa bouche des vérités frappantes, capables de produire à la ſociété les plus grands avantages. S'il ſe rappelle les circonſtances de ſa vie, elles lui font faire les réflexions les plus intéreſſantes. C'eſt un ennemi des vices, qui les attaque avec violence, & qui voudroit les anéantir. Eh ! quel eſt l'homme qui ne ſe plaint pas amérement de l'opprobre dans lequel l'injuſtice le plonge ! Quel eſt le malheureux qui, victime des abus que la cupidité éternise, n'en gémit pas hautement, & n'apostrophe pas les Tyrans qui l'oppriment ! mais leurs cris se perdent dans l'air, & l'on se rit des maux qu'ils endurent. Figaro, qui n'est qu'un être de raison, pourroit être écouté. Quels éloges ne mérite donc pas le Philosophe qui le fait parler ! Chaque chose qu'il fait dire à ce personnage, est une vérité utile qu'il seroit bon d'imprimer dans la mémoire de tous les hommes.

CINQUIEME PERSONNAGE.

C'est Susanne, femme-de-chambre de la Comtesse, que doit épouser Figaro, & dont le Comte est amoureux. Son caractère n'est point celui des Filles Suivantes que l'on peint dans toutes les Comédies où elles sont trop avilies. Amie de sa Maîtresse, elle met en œuvre tous les moyens inventés par la Comtesse pour ramener son époux auprès d'elle. Pleine de gaité, d'adresse & d'esprit, elle semble se prêter aux propositions du Comte, sans pour cela lui accorder rien dont la pudeur puisse rougir. L'intérêt de son Amant & le bonheur de sa Maîtresse déterminent sa conduite. Il seroit à souhaiter que toutes celles qui sont placées auprès des femmes de qualité lui ressemblassent. Mais malheureusement on ne voit guères de Filles suivantes capables de faire confidence aux Dames qu'elles servent, des propos galans que leur tiennent leurs époux, ni de femmes assez raisonnables pour payer de leur amitié de semblables avis. Ce seroit au contraire un moyen pour exciter leur haîne. Il n'en seroit pas de même si les femmes se mettoient dans la tête que l'Amour est fils de la Nature, qu'il ne connoît ni les rangs, ni les dignités.

Tous ces Personnages étant dans la Nature, & de la plus exacte vérité, où donc est le monstrueux que l'on reproche à cet Ouvrage ? Où donc est le vice triomphant dans cette Pièce ? Toutes les situations portent à la morale la plus profonde & la plus pure. D'un bout à l'autre le vice y est ridiculisé & avili. Le Comte est-il auprès de Susanne, il est forcé, dans sa propre maison, de se cacher derrière un fauteuil ; & de montrer sa honte aux yeux d'un domestique, dont les propos injurieux à son honneur, le forcent à paroître pour le faire taire. Ne croyant avoir que ce seul homme pour témoin de sa foiblesse, il a la double honte de s'être dégradé aux yeux d'un étourdi, qu'il découvre dans le même fauteuil derrière lequel il s'étoit blotti. Soupçonne-t-il la fidélité de ſon épouſe, il entre dans une fureur deshonorante, &, ſur-le-champ, il eſt forcé de lui demander pardon. S'il s'abandonne à l'injuſtice, le remords vient le tourmenter. Enfin ſa paſſion le rend, juſqu'au dénouement le jouet de toute ſa maiſon.

Si cette Piéce eſt l'école du vice, que l'on brûle donc toutes les Comédies, & que l'on ferme tous les Théatres. Il faut avouer que la malignité peut transformer en monſtres les objets les plus beaux!

Qui donc, diront les gens ſenſés, peut déterminer à ſatyriſer & cet Ouvrage & ſon Auteur?

Une foule de choſes donnent lieu à la Satyre. D'abord, la réputation d'un Auteur, ſa fortune, la manière dont on veut, ou l'on croit qu'il penſe, les liaiſons qu'il a, ou qu'il a eues avec certaines perſonnes, l'amitié qu'il porte aux hommes d'un mérite diſtingué, le ſien propre ; toutes ces circonſtances irritent les monſtres qui dévorent la ſociété Littéraire. On voit quelquefois la Faim, arracher de ſon cerveau deſſéché, une foible Critique, pour aſſouvir l'appétit dévorant qui la conſume.

Malgré l'Envie, la Jalouſie & le Vice, qui

rugiſſent; après le Philoſophe qui veut bien ſacrifier ſon repos pour inſtruire ſes ſemblables, ſûr de ſes ſuccès, on oſe inviter M. de Beaumarchais à fournir ſa carrière. Qui ſeroit plus en état que lui de faire rougir & de diminuer les vices ſans nombre qui dégradent les hommes & nuiſent à leur bonheur!

FIN.

Lu & approuvé. A Paris, ce 10 Juin 1784.
DE SAUVIGNY.

Vu l'Approbation, permis d'imprimer. A Paris, ce 11 Juin 1784. LE NOIR.

www.ingramcontent.com/pod-product-compliance
Ingram Content Group UK Ltd.
Pitfield, Milton Keynes, MK11 3LW, UK
UKHW020409250726
13967UKWH00006B/2549